Ogro meu

Editora Appris Ltda.
1.ª Edição - Copyright© 2024 da autora
Direitos de Edição Reservados à Editora Appris Ltda.

Nenhuma parte desta obra poderá ser utilizada indevidamente, sem estar de acordo com a Lei n°
9.610/98. Se incorreções forem encontradas, serão de exclusiva responsabilidade de seus organi-
zadores. Foi realizado o Depósito Legal na Fundação Biblioteca Nacional, de acordo com as Leis n[os]
10.994, de 14/12/2004, e 12.192, de 14/01/2010.

Catalogação na Fonte
Elaborado por: Josefina A. S. Guedes
Bibliotecária CRB 9/870

G974o 2024	Gumes, Dione Ogro meu / Dione Gumes; Matheus Reis (ilustrador). – 1 ed. – Curitiba: Appris, 2024. 61 p. : il. color. ; 21 cm. ISBN 978-65-250-5726-2 1. Literatura fantástica brasileira. 2. Sagas. 3. Vingança na literatura. 4. Amizade. I. Título. CDD – 028.5

Editora e Livraria Appris Ltda.
Av. Manoel Ribas, 2265 – Mercês
Curitiba/PR – CEP: 80810-002
Tel. (41) 3156 - 4731
www.editoraappris.com.br

Printed in Brazil
Impresso no Brasil

FICHA TÉCNICA

EDITORIAL
Augusto Coelho
Sara C. de Andrade Coelho

COMITÊ EDITORIAL
Marli Caetano
Andréa Barbosa Gouveia (UFPR)
Jacques de Lima Ferreira (UP)
Marilda Aparecida Behrens (PUCPR)
Ana El Achkar (UNIVERSO/RJ)
Conrado Moreira Mendes (PUC-MG)
Eliete Correia dos Santos (UEPB)
Fabiano Santos (UERJ/IESP)
Francinete Fernandes de Sousa (UEPB)
Francisco Carlos Duarte (PUCPR)
Francisco de Assis (Fiam-Faam, SP, Brasil)
Juliana Reichert Assunção Tonelli (UEL)
Maria Aparecida Barbosa (USP)
Maria Helena Zamora (PUC-Rio)
Maria Margarida de Andrade (Umack)
Roque Ismael da Costa Güllich (UFFS)
Toni Reis (UFPR)
Valdomiro de Oliveira (UFPR)
Valério Brusamolin (IFPR)

SUPERVISOR DA PRODUÇÃO
Renata Cristina Lopes Miccelli

ASSESSORIA EDITORIAL
William Rodrigues

REVISÃO
Simone Ceré

PRODUÇÃO EDITORIAL
William Rodrigues

DIAGRAMAÇÃO
Maria Vitória Ribeiro Kosake

CAPA
Julie Lopes

REVISÃO DE PROVA
Raquel Fuchs

*A esse mundo interno e fantástico que salvou
minha mente da insanidade.*

*Aos meus mentores do lado de lá que salvaram
meu coração de se tornar empedernido.*

A Deus pela paciência com esta filha.

AGRADECIMENTOS

Agradeço à minha irmã Andréa, vulgo "Suzette", que fez inúmeras revisões e correções no original, sem nunca desistir.

Ao Raul, meu companheiro inspirador e mecenas.

E ao Farlley Derze, meu poeta favorito e incentivador sem limites.

PREFÁCIO

O livro de Dione Gumes sobre a vida de um Ogro é muito diferente de um livro de fantasia destinado ao mero entretenimento. Afinal, este livro é sobre um Ogro? Podemos certamente pensar que sim, mas também podemos descobrir ensinamentos sobre a solidão, a morte, a amizade. Dione Gumes nos convida a observar a vida de seres míticos, elfos, ninfas, duendes, sereias, bem como suas emoções e reações. Dentro de diferentes ambientes, entre lamparinas e chaminés, florestas, mares e embarcações, a história fertiliza a imaginação humana.

A literatura, como a música, a pintura e outras artes, dentre tantas funções sociais, participa da formação emocional da criança e do adolescente. A beleza sublime da literatura é sua função psicológica de se utilizar de uma história para provocar reflexões. Não existe idade para tal exercício. Toda criança é curiosa, todo adolescente quer superar dificuldades, todo adulto quer se sentir realizado.

O livro nos convida a compreender que o sentido da vida não é universal, mas particular. Qual é o sentido da vida? A pergunta não deveria ser assim, mas de outro modo: qual o sentido da sua vida?

Talvez tenhamos todos algo em comum, algo que dá sentido à vida: os relacionamentos.

Sabemos que os leitores se relacionam de modo diferente com as personagens de uma história. Isso dá sentido (significado) à literatura.

Não é difícil imaginar que este livro passe de mão em mão, que a história circule de boca em boca entre os amantes da literatura fantástica, especialmente quando a história está de mãos dadas com realidades emocionais.

Farlley Derze
Pianista e escritor

SUMÁRIO

PRÓLOGO 13
CAPÍTULO I 15
CAPÍTULO II 19
CAPÍTULO III 21
CAPÍTULO IV 23
CAPÍTULO V 27
CAPÍTULO VI 31
CAPÍTULO VII 37
CAPÍTULO VIII 41
CAPÍTULO IX 45
CAPÍTULO X 51
CAPÍTULO XI 55
CAPÍTULO XII 59

PRÓLOGO

Então, ele fechou os olhos... sob as vistas de vários outros olhos
Depois de tantos anos de solidão
Ainda na morte pôde achar outras respirações
Valeriam mesmo para quê?
Já não conseguia movimento
Morto estava.

CAPÍTULO I

Aquela planície oferecia uma beleza descomunal naquela época do ano. Uma floresta de carvalhos, úmida e fresca, abrigava espécies várias, vivas e etéreas, reais e de outros mundos. Além dos carvalhos, castanheiras e salgueiros, também salpicavam a paisagem pedras enormes, cheias de musgo que escondiam cogumelos, trufas e pequenas ervas. Amoras e mirtilos serviam de alimento para os pequenos seres. Margeando o rio de águas geladas, proliferavam miosótis, angélicas e hortelãs. Um perfume primaveril inundava as narinas e aumentava a vontade de festejar aquela época fértil.

Um pântano atrevera-se a surgir quase no centro dessa floresta. Grande parte dele ia de encontro ao nordeste e sempre, ao nascer do sol, milhares de seres voadores aproveitavam as primeiras luzes da manhã e secavam suas asas. Era uma revoada digna de apreciação.

O solo era recoberto por uma relva baixa às vezes sufocada por folhas caídas. Mas não na primavera.

Na beirada oeste do pântano, uma grande construção se erguia sem quinas. Paredes arredondadas e janelas desiguais, muitos telhados, toda térrea e com algumas chaminés. As pedras que formavam as paredes, eram rochas metamórficas, um tipo de quartzo, verdes, amarelas, brancas e rosas, mudavam seus tons de acordo com a luz do sol. Formavam uma espécie de vitral, fantasmagórico e belíssimo ao mesmo tempo.

Esse calor era traduzido em energia, armazenado em uma espécie de gerador que alimentava as luzes do interior daquela casa.

Era uma casa estranha, motivo de curiosidade de todos os seres que habitavam esse recôncavo. À noite, quando todos descansavam, as luzes dela permaneciam acesas e a sombra do habitante podia ser vista através das janelas tortas e embaçadas. Ninguém nas redondezas possuía tal sorte, ao contrário, esfumaçavam os olhos e entupiam os narizes com os vapores dos fifós de gordura de baleia e ainda tinham que suportar o odor que deles emanava.

A casa possuía um moinho d'água que desviava parte do curso do rio que formava o pântano. Este fazia também o papel de gerador de energia e refrescava o interior da casa por meio de um sistema de ventilação cruzada e canos abertos em locais estratégicos; quem de longe olhava, podia até mesmo sentir a umidade que emanava dela.

Outros detalhes eram bem incoerentes... a casa possuía um sistema intrincado de portas e pequenas pontes que davam um ar castelar e sonhador à construção. Podia-se ver a porta principal, feita com madeira forte, provavelmente de um salgueiro caído, porque a porta mantinha as curvas e reentrâncias da madeira original. Outras portas havia na casa, quase que em todos os cantos, com pequenos pedaços de vidro, colocados de forma irregular e sempre, sempre embaçados.

Apenas Hermes, o entregador de correspondências, tinha acesso à porta principal, onde ficava uma espécie de passagem, um vão, por onde os pergaminhos e cartas eram entregues. Sem exceção, havia sempre uma gorjeta depositada no beiral desse acesso.

Os alimentos eram entregues mensalmente por uma entrada nos fundos, perto do moinho, onde havia uma esteira. Era sempre o mesmo pedido: batatas, milho, carne defumada e algumas frutas da estação. No inverno, o pedido era acrescido de farinha de milho, sal e ovos. O pagamento ao estalajadeiro era feito da mesma forma que ao entregador de correspondências, havia anos...

Algumas trilhas permeavam a floresta em sua parte central e às suas margens pequenas casas iam surgindo, com chaminés resfolegantes e habitadas por senhoras gordas e crianças de bochechas vermelhas, vestidas invariavelmente de sarja cinza, verde, marrom e azul-escuro. Elas corriam por todos os lados, sujavam-se na lama próxima ao pântano, mas nunca se aproximavam de lá.

O medo estava na memória de algumas gerações. O fato de não saber o que ou quem ocupava aquele lugar fazia com que as pessoas nem se questionassem, simplesmente elas não se aproximavam.

Algumas vezes Hermes ficava tentado a abrir aquelas caixas que chegavam de terras distantes, como Ahmal e a Bretanha. Elas vinham de terras celtas e do Oriente. Mas o temor ganhava a batalha da curiosidade e as caixas chegavam intactas à casa.

Nos dias de domingo, os moradores da floresta reuniam-se em grandes fogueiras e contavam histórias terríveis de seres maus e comedores de crianças em volta de caldeirões fumegantes e cheios de caldos coloridos, com cheiros de aguar a boca, e, assim, os agricultores, artesãos, moleiros, ferreiros perpetuavam a fama etérea do lugarejo, o que dava a eles certa paz...

CAPÍTULO II

Naquele fim de tarde, úmido e vermelho, até nevoento, Sathyá continuava no seu posto de observação. Empoleirada no alto daquele ficus, escondida pelas folhas. Não que isso fosse difícil, pois era pequenina como uma criança humana de cinco anos. Suas feições eram angelicais e seus olhos incrivelmente grandes. Sua pele era lisa quase cor de baunilha e dava a impressão de ser doce como um pudim de leite. Sua boca pequena era cor de cereja, cabelos brancos presos no alto da cabeça e asas melífluas, transparentes, diáfanas, possuíam todas as cores e nenhuma ao mesmo tempo, dependiam da luz do sol para colori-las. Tal como as paredes da casa do Ogro.

Aquele cheiro de seiva chegava a enjoá-la um pouco, mas não havia lugar melhor para o que queria fazer... olhá-Lo e observá-Lo.

Já havia alguns anos fazia aquilo. Olhava e gravava mentalmente toda a sua rotina. Sabia de quase todos os seus passos. Admirava sua soberba inteligência. Sua perícia com todos os instrumentos do laboratório, sua dedicação aos estudos por noites sem fim e até o seu isolamento.

Quando ainda era uma jovem ninfa, já ouvia falar Dele. Que era um assassino, que comia ninfinhas e pequenos elfos e duendes. Que matava apenas com o olhar. Eram muitas histórias.

Mas somente ela sabia a verdade.

Só o que não comentavam era sobre a distribuição de sementes especiais feitas por Ele, os aquedutos que Ele projetou e financiou a construção, os remédios que deixava na porta para quem precisasse.

A colheita farta propiciava àquela região uma renda além do normal, o que diferenciava aquela vila das demais existentes à época. Silos cheios e bem cuidados supriam a necessidade local e geravam boa renda nas vendas do excedente.

Era uma época farta e boa em Tarach, quase livre de doenças pela presença dos aquedutos que forneciam água limpa e um sistema de poços escavados que evitava a podridão comum às outras vilas próximas.

Nessas, o cheiro nauseabundo que exalava das ruas podia ser sentido até mesmo antes de alcançar os seus limites. Isso e os animais pestilentos cuidavam de adoecer famílias inteiras, que, sem o mínimo de assistência, sucumbiam.

A distribuição de remédios era ainda um mistério, Ele simplesmente sabia quem precisava e do quê. Sempre de madrugada ouvia-se um bater de porta e pronto, estava lá o remédio necessário. Esse gesto Dele diminuía por demais doenças dolorosas e fatais. Os vidros vinham com instruções desenhadas, pois a grande maioria dos humanos não sabia ler.

A picada de um inseto fez Sathyá acordar de seus pensamentos e voltar a atenção à casa que ela tanto conhecia.

Mas algo incomum aconteceu naquela noite. As luzes não se acenderam, nem a costumeira e fumegante chaminé pintou de branca névoa a noite daquela parte da floresta.

Esperou por mais de uma hora sem que nenhum movimento fosse notado, resolveu então ver mais de perto...

CAPÍTULO III

— Ah, droga! — praguejou Petrus ao bater o dedão do pé numa pedra que, ao seu ver, não deveria estar ali, ou ao menos não estava lá no dia anterior.

Sentou-se à beira do caminho para ver o estrago no sapato, já que era o único a ter conserto.

Petrus era um elfo, carrancudo, bretão, de mãe saxônica, cheio de manias, tão enjoado que não convivia com outros elfos. Andava só, vivia só e ganhava a vida ensinando línguas antigas para alguns poucos e parcos alunos. Era de pouca ou nenhuma convivência social. A não ser nas vezes em que aconteciam festas na fogueira e ele abusava do seu vício preferido: hidromel.

Tomava cântaros, a fio, por dias, tentando afogar a terrível solidão que ele tinha imposto a si mesmo.

Apenas um ser naquela aldeia tinha a sua admiração... Ele... que vivia da forma que ele queria viver. Isolado, quieto e rico.

Possuíam grandes semelhanças, excetuando-se o tamanho e a discrição.

Petrus era conhecido e temido por suas constantes gafes e grosserias; Ele, temido por sua eterna quietude.

Quando deu um jeito no sapato de couro, continuou sua caminhada diária para casa. Esta sempre era quebrada por uns minutos de bisbilhotice.

Em algumas noites, sentava-se na pedra perto do moinho da casa Dele e bebia seu cântaro de hidromel, ficava alguns minutos a observar o que Ele estava fazendo, desejando por segundos que Ele o visse e o chamasse para dividir um copo de bebida. Sabia que ele bebia o mesmo hidromel, já tinha visto nas caixas entregues pelo armazém, naquela portinhola que ficava aos fundos da casa....

Seria provavelmente uma conversa cheia de monossílabos, mas Petrus tinha a certeza de que não seriam necessárias muitas frases ou palavras para que se entendessem.

Afinal, seres solitários se atraem. Ele bem lembrava da origem do Ogro. E às vezes pensava em se arrepender do que tinha feito. Mas esse "sentimento" sumia rapidamente.

Naquela noite, porém, não viu seu suposto futuro amigo, nem viu as pequenas lamparinas sendo acesas pela corrente elétrica — gerada pelo moinho — que ele tanto gostava de ver. Nem sentiu o aroma de carne cozida, nem o barulho do copo enchendo.

"Estranho", pensou.

CAPÍTULO IV

Tempos enfadonhos esses. Nada para fazer, ninguém para conhecer. Beber sozinha não tinha mais graça, ainda mais depois da decisão do vegetarianismo. Seus amigos todos se afastaram.

"Contar histórias para quem? E vantagem então? Falar para alguém que sei que sou a mais inteligente, a mais esperta, a mais bonita, a mais mais..."

"Essa floresta em que quase nada acontece, os jardins todos já conhecidos, os humanos todos já usados... Aff..."

Pensava Shooki, andando no caminho de musgo e pedras, já cansada e com dor nos pés, pois em nenhuma ocasião usava sapatos baixos, somente negros e brilhantes, finos e altos para combinar com seus cabelos. Boca rubra e um quê blasé no olhar. Olhar de quem já fez, já viu e já ouviu de tudo nesses quase quatrocentos anos de vida vampírica.

Hoje, Shooki já não se alimentava de sangue, nem humano, nem de animais, aprendera ao longo do tempo que, além do líquido vital, todas as dores e sentimentos da vítima eram sugados juntamente com ele. Ela era uma vampira assim, digamos, com capacidade de osmose. Isso a levou a caminhos e experiências dantescas das quais demorava a se desvencilhar. Marcas profundas ficaram.

Ao longo dos anos, aprendeu a sugar líquido vital de flores e vegetais, conseguindo assim transcender o estigma de viver experiências de outros seres.

Apenas um vício permanecia e desse ela não fazia questão de se livrar. Eram muitas garrafas: hidromel, *bourbon*, destilados florais, o que fosse.... Ela sorvia como se fosse sempre o último gole. A anestesia que se seguia era o melhor esconderijo para fugir da sua vida imortal e solitária. Sentia saudade da sua adolescência com Ele. E com Sathyá.

Era um ser sem alma, comprazia-se em viver a vida de outros seres, mania adquirida nos antigos tempos de vampirismo sanguíneo. Porém, a saudade e a raiva a consumiam. Sabia que Honor, o guardião, tinha parte no isolamento dele.

Ele, o Ogro, mesmo já a tendo visto, não se comunicava, nem se rendia aos seus encantos. Por diversas vezes, ela, semifluídica, invadia os jardins da casa Dele e murchava-lhe as diversas flores.

Nunca escutou Dele sequer uma reprimenda, somente algumas vezes foi pega em flagrante e a única reação Dele era a de espiá-la através das cortinas e vidros coloridos.

Shooki, por sua vez, ardia em saudade... E por Ele, por somente uma vez, voltaria ao velho hábito alimentar.

Naquela noite que já ia alta, adentrou o jardim dos fundos, sentou na pedra do moinho, tirou os sapatos e molhou os pés no espelho d'água. A água fria fez com que ela emitisse barulhinhos, não os abafou, queria mesmo que Ele a visse ali.

Saboreou frutas barulhentamente e já bem próxima à portinhola dos fundos. Nada. Nenhuma cortina se moveu e só aí notou que a casa estava toda apagada. Sua visão noturna a tinha enganado dessa vez.

Tudo no mais profundo silêncio. Colocou a mão na maçaneta e sentiu a presença de alguém... Hermes, com certeza.

CAPÍTULO V

— Ihhh... Agooora... Vai! Hahahahaha.

Leo rolava na grama atrás de uma pedra, na beira do caminho, esperando ansiosamente pela passagem de Petrus. Sabia que todos os dias ele passava exatamente pelo mesmo trajeto. Seu único trabalho foi colocar aquela pedra fora do lugar. Rindo muito e sem se preocupar se fazia ou não barulho – porque com seu tamanho ninguém mesmo o veria –, sentou-se para respirar e conseguir parar de rir.

Era um duendezinho magrelo, com menos de cinquenta centímetros de altura. Tinha o dom da invisibilidade, cultivado ao longo de sua vida naquela floresta. Gostava mesmo de provocar, assustar e rir de suas travessuras.

Escondia os lápis de Sathyá, derramava a bebida de Shooki e simplesmente adorava atormentar Petrus. A reação dele era sempre raivosa e isso para ele era uma vitória.

Leo, apesar de duende, gostava de participar da vida da aldeia. Admirava as mulheres com suas proles, naquele vai e vem diário, nos seus cuidados com a casa e comida dos pequenos.

Admirava também os homens, pelo suor e empenho nas plantações e manufaturas.

E admirava mais ainda Ele... Aliás, adorava-o. Não fosse Ele, teria morrido na beira do pântano. Lembrava-se do frio e da dor. Lembrava-se também daquela enorme mão roxa a carregá-lo. Sua última lembrança antes de desfalecer foram seus olhos verdes e carinhosos.

Sabia de todos os seus movimentos, era o único ou dos únicos que conhecia essa casa internamente. Porque ouviu que, em tempos idos, a casa era aberta à visitação e Ele tratava os doentes e aconselhava os anciãos da aldeia em situações problemáticas. Contam que Ele se sentava no jardim do fundo para olhar as crianças brincando no filete d'água que passava por lá.

Leo sabia de todo esforço que Ele engendrava para, mesmo afastado, manter suas doações de remédios e sementes.

Sua invisibilidade lhe permitia passar dias a fio dentro da casa Lhe assistindo. Sim, assistindo. Era realmente admirável sua dedicação à ciência e aos estudos. Lia, anotava, experimentava e às vezes sorria quando algo novo dava certo.

Em algumas ocasiões, Leo enfiava os dedos nas cumbucas de vidro e provava seus conteúdos. Amargos, doces, quentes e cortantes, tantas eram as sensações provenientes que não poderia enumerá-las.

Mas também às vezes ele via seu semblante duro sucumbir à tristeza...

Era quando Ele abria um pequeno cofre que mantinha ao lado de sua mesa de trabalho. Retirava um caderno, folheava-o, encostava a enorme cabeça na cadeira, fechava os olhos e suspirava: "Juno... Juno..."

Era o nome que Ele deixava escapar poucas vezes.

Logo entornava uma botija de hidromel e ia para o quarto, não sem antes acender as luzes da casa. Sempre.

Leo usava umas roupinhas verdes com marrom, cheias de bolsinhos que inadvertidamente enchia com alguns torrões de açúcar da cozinha Dele.

Era o que pretendia fazer naquele início de noite, pois já tinha se cansado de rir de Petrus.

Pulou o murinho da frente, coçou a cabeça do cão velho que dormia e transpassou a porta da frente.

Ele estranhou a quietude da casa, sempre fumegante àquela hora, mas continuou caminhando. Chegou à cozinha e não havia nada esquentando no caldeirão, subiu no armário de prataria, abriu os açucareiros e encheu os bolsos.

Resolveu descobrir o que de interessante Ele tinha inventado hoje e entrou no laboratório.

Assustou-se com a grande figura sentada na cadeira, cabeça caída sobre o peito e algo na mão...

Como era de seu feitio, aproximou-se e viu que o que Ele segurava era um papel duro e amarelado pelo tempo... Retirou-o cuidadosamente da mão Dele e notou que havia uns sinais que sabia ser um tipo de escrita, talvez igual ao que tinha visto na escola da aldeia e que não entendia patavinas. Do outro lado do papel havia um desenho, uma humana, olhos grandes e cabelos negros com cachos que chegavam à cintura, roupa comum e um detalhe. Em sua mão havia um livro, ela sorria...

Foi nesse instante que notou o que estava estranho, Ele não emitia qualquer ruído.

CAPÍTULO VI

Agnes ouviu o chamado de Honor — aquele ser a quem tanto amava. Mesmo na outra dimensão na qual vivia e tinha seus afazeres, jamais deixaria de ouvi-lo.

Foi ao seu encontro acompanhada de Juno.

As duas sentiram um misto de alegria e tristeza. Juno parou e lágrimas escorreram de seus olhos.

— Ele me perdoará? — disse olhando para Agnes.

Passando o braço em torno de seus ombros, Agnes disse:

— Coragem, querida. Ele tem um coração de ouro ou já se esqueceu de tudo o quanto Ele fez? Mantenha a fé de que um dia tudo acabará bem.

Antes de se encontrarem com Honor, as lágrimas de Juno a levaram ao passado.

...Deitada no fundo do mar, observando aquele azul profundo e salpicado pelo brilho do sol, Agnes aproveitava seus últimos dias de folga antes das embarcações chegarem. Em poucos dias teria que ir à terra, fazer o que mais gostava. Trabalhar com Juno.

Quando ela voltava de suas longas viagens pelos mares do Sul, trazendo toda sorte de especiarias, tecidos, conservas, animais exóticos e alguns tesouros que colhia de embarcações naufragadas, a única criatura em que confiava para a venda e distribuição era ela.

Agnes era uma sereia de longos cabelos ruivos e olhos da cor do mar que mudavam de acordo com a luz solar, às vezes azul-escuros, às vezes verde-esmeralda.

Era descendente direta de Tritão, contudo, por sua mãe ter se apaixonado por um humano anos atrás, a família não lhe tinha dado herança. Mas isso não a incomodava. Tinha o privilégio de ter duas vidas.

Na água possuía a desenvoltura de toda sereia, nadava e não dormia. Na terra, assim que a tocava, sua calda se transformava em belas pernas longas, sem dor, sem explicação, dom herdado, talvez, do seu hibridismo.

Há uns dez, doze anos atrás, enquanto nadava no mar gelado do Norte, um pouco antes da estação congelante, viu acima dela um corpo caindo na água. Lamentou internamente que seres humanos não soubessem respirar embaixo d'água e desviou seu curso para não assistir a mais essa morte.

Mas uma força maior a fez parar e olhar para trás em direção ao corpo que afundava, só então reparou que era um corpo pequeno. "Não merecia morrer daquela forma." Nadou rápido e chegou a ele.

Era uma menina, cabelos negros, vestido de festa, olhos castanhos arregalados. Subiu com ela rapidamente à superfície e começou a soprar em sua boca, indo em direção à praia. Em lá chegando, a menina já tossia e vomitava. Viu então, enquanto se transformava, uma marca em seu ombro, parecia uma tatuagem, um sol, um olho, algo parecido. Virou-a de lado para que expelisse o restante de água e esperou.

Olhou em volta, procurando alguma casa com roupa no varal, pois aquela praia não era a que costumava se transformar, estava nua e desprevenida.

A menina desfaleceu, mas respirava. Há uns duzentos metros dali havia um quintal, viu de longe a casa de pedra e madeira, mas era melhor esperar escurecer. Carregou a menina para junto de umas pedras e descansou.

Assim que escureceu, correu e pegou algumas peças de roupa do varal, sob o olhar vigilante do cão da casa e de sua dona que a observava desde que saíra da água.

Quando a menina acordou, já estava com as roupas secas e tremendo de frio e medo, disse:

— Onde estou? Quem é você? Mamãe! Papai!

E desatou em choro compulsivo. Agnes segurou suas mãos e contou-lhe o acontecido e em nenhum momento escondeu-lhe a sua condição de sereia. Logo o choro passou e elas começaram a caminhar pela praia de pedras. O frio aumentava enquanto Agnes fazia algumas perguntas à menina.

— Meu nome é Juno, sou celta, meus pais têm um navio de comércio. Piratas o invadiram. São gêmeos. Meus pais foram roubados e tentaram reagir. Minha mãe me escondeu no depósito da proa, não vi mais nada... Tiros... Gritos... até que os invasores me viram. Ouvi o nome deles enquanto estava escondida. Conhecidos como Twins, são piratas perigosos.

"Corri e passei por baixo das vigas do convés, pulei no mar. Hoje é meu aniversário... dez anos". E seus olhos começaram a lacrimejar olhando para o horizonte...

Muito ao longe via-se um mastro se distanciando.

As duas então se abraçaram e ouviram um bater de panelas. Abaixaram-se assustadas, procurando ao redor, até que viram uma lamparina balançando na casa onde Agnes tinha pegado as roupas. Era uma escolha, o frio da noite e a fome, ou um provável castigo. Entreolharam-se e foram em direção à casa.

Uma velha senhora as esperava na porta. Era uma casa grande, parte de madeira, parte de pedra, com um jardim variado com flores e ervas medicinais. Um perfume doce enchia o ar e o medo passou.

A senhora acenou para que entrassem, era uma sala grande, com uma lareira acesa no canto, a cozinha se confundia com ela, somente uma mesa as separava.

O cheiro do cozido estava estonteante! Agnes se apresentou e também a Juno. A senhora apenas balançou a cabeça e sinalizou que era muda. Gorducha e morena, o que era raro por aquelas paragens, Agnes imaginou a quem aquela senhora mestiça devia todo aquele conforto. Ela já tinha visto pessoas com aquela cor azeitonada em suas viagens para o Norte.

Sentaram-se à mesa e comeram, provavelmente, a melhor refeição de suas vidas.

Dormiram em um grande tapete perto da lareira.

CAPÍTULO VII

Um aperto no coração fez Yosefa parar de repente. Estava na horta colhendo ervas para o jantar. Um pressentimento a encheu de tristeza. Não quis continuar com esses pensamentos, sentou-se na pedra da escada, olhou para o mar e divagou.

Era diferente em outros tempos...

...Aquela carroça que Ele tinha feito para ela era mesmo uma maravilha! Já não precisava carregar nenhum peso, a usava até para trazer para dentro as compras que o entregador deixava no quintal.

Aquele dia em especial, Yosefa estava apressada. Foram muitos anos de solidão, tendo por companhia diária apenas Ele, calado e taciturno; ela, muda. Mas se entendiam perfeitamente. Com olhares e sinais. Ela conhecia todas as suas manias e gostos. Arrumação impecável, comida temperada, hidromel... O laboratório só podia ser limpo sob sua supervisão, para que nada se quebrasse ou fosse trocado de lugar.

Mas fazia isso com muito gosto, herdara o trabalho de sua mãe, que herdara de sua avó, que herdara de sua bisavó, que herdara de sua tataravó que veio de Ahmal, um continente ao oriente.

Todas convenientemente mudas.

Ela nunca havia se casado, nem se interessava por isso. Tinha tudo o que precisava e um pouco mais até. Morava perto da praia porque na vila, mesmo sabendo de sua mudez, toda vez que passava pela praça ou mercado, a crivavam de perguntas sobre Ele.

Todos os dias após a limpeza e a jardinagem, cozinhava para Ele, lavava suas roupas e às vezes O ajudava na colheita das ervas.

Mas aquele dia em especial ela tinha motivo para voltar à sua casa. Aquela menina saltitante que corria em volta da casa atrás do velho cão, a tinha enchido de um sentimento desconhecido. Cuidar dela era um prazer e toda sua solidão tinha terminado.

Depois de duas semanas, Agnes precisou voltar para o mar e deixou Juno aos cuidados de Yosefa. As duas pareciam que tinham nascido uma para a outra.

Juno afogava sua tristeza naquele colo farto e com cheiro de mato. Yosefa vivia com ervas no corpete do vestido, mudas de plantas e tudo aquilo que achasse que fosse útil a Ele.

Ela contava para Yosefa a história de suas viagens nos mares e dos portos que conhecera. E de como ela recuperaria o barco de seus pais e vingaria suas mortes. Quando chegava nessa parte, Yosefa a admoestava com o olhar. Não se devia cultivar esses sentimentos.

Juno chorava e ia sentar com o cachorro. Mas nada como um leite quente e pão com creme para fazê-la sorrir e ficar serelepe novamente.

Regularmente Agnes vinha do mar e passava algumas semanas com elas. Era a total alegria. Agnes cantava maravilhosamente e ensinava tudo a Juno. História, matemática, escrita, navegação... Enquanto Yosefa passava a ela todo o conhecimento das ervas e comidas.

Quando completou quatorze anos, começou a viajar com Agnes.

Yosefa sofreu, mas não tinha como impedir Juno. Ela era uma força da natureza. Inteligente, porém turrona e teimosa.

Yosefa admitia a Agnes que a tinha mimado por demais. Às vezes se sentia culpada por isso.

Tudo o que a fazia sentir essa culpa passava quando a ouvia chegar na praia, gritando seu nome e beijando todo o seu rosto. Dizendo que estava faminta e perguntando pelos animais.

Contava as histórias marítimas de forma agitada e atabalhoadamente.

Finalmente dormia em seu colo, perto da lareira.

Agnes só voltava mais tarde por causa do trabalho nos navios. Ela tinha construído um porto ali perto para melhorar o comércio da região e facilitar suas idas e vindas.

Cansada, só comia e ia dormir.

Seu semblante preocupado alertava Yosefa. Essa vingança que Juno perseguia não podia acabar bem.

Juno viveu assim por mais de dez anos, até que um dia, na praia, O avistou...

CAPÍTULO VIII

Sathyá voou até a pedra do moinho, desceu e foi com passinhos de borboleta até o peitoril da janela do laboratório. Do lugar onde estava só conseguia ver a mão Dele pendurada no braço da poltrona com algo na mão. Ainda não tinha decidido se iria aprofundar a curiosidade quando viu Leo saindo sorrateiro da cozinha!

Pensou que nem num dia diferente como aquele ele não deixava de roubar torrões de açúcar... Viu quando ele, assustado, se aproximou da poltrona e pegou o que Ele tinha nas mãos. Olhou, colocou no bolso e saiu quase correndo pela cozinha em direção à porta do moinho.

Qual não foi sua surpresa ao transpassá-la e dar de cara com Sathyá, de braços cruzados e cara de poucos amigos.

— Olá, bonequinha! — disse Leo completamente sem graça.

Sathyá, que já conhecia a índole de molecagem dele, estendeu a mão e só com os olhos fê-lo entender que ela estava esperando algo.

Leo então encheu sua mão com torrões de açúcar e correu! De nada adiantou a fuga, ele se esquecera de que Sathyá voava.

Ele sentiu sua aproximação rápida por cima de sua cabeça, apressou os passos, mas acabou tropeçando e caiu num dos muitos caminhos da mata. Resolveu capitular e a viu pousar bem perto de si.

— Leo, o que você viu dentro da casa? Fale tudo!

— Sathyá, Ele está morto, quer dizer, eu acho... — falou Leo coçando a cabeça e já se arrependendo de ter saído tão rápido da casa sem antes verificar qual o real estado Dele.

Sathyá mal podia respirar, podia imaginar qualquer coisa, menos a morte. O povo dela vivia centenas de anos assim como o Dele. Ele tinha por volta de seiscentos anos.

Recuperou o fôlego e, quase gritando, segurou as mãos de Leo e o sacudiu dizendo:

— Morto? Como Morto? Eu O vi ontem!

— Eu não tenho certeza! Mas ele não se mexeu quando peguei o açúcar na cozinha e Ele sempre pigarreava pra me avisar que sabia que eu estava lá, dessa vez... nada!

— Deixe-me ver o que você tirou da mão Dele, agora!

— Eu não peguei nada, você está imaginando coisas — disse Leo sem conseguir disfarçar um risinho maroto.

Sathyá já estava cansada daquela conversa... largou as mãos dele e enfiou uma delas dentro do colete de Leo. Ele não teve tempo de reação. Ficou tão chateado que rodopiou no mesmo lugar, fazendo muxoxos.

— Isso não é justo — resmungava ele.

Enquanto isso, Sathyá voava de volta para o fícus.

Sentada no galho mais alto, longe da vista de Leo, ela olhava o desenho... uma mulher linda... o nome dela estava escrito, Juno.

Recordações tristes a acometeram. Achava que toda a dor já havia passado. Qual nada...

De repente lembrou-se de que deveria avisar alguém sobre o acontecido, Yosefa.

Estava pensando em voar para a casa da praia, quando uma coisa a deteve... a visão de Petrus fechando o portão do jardim, olhando em todas as direções, antes de caminhar rapidamente para dentro da casa do Ogro.

"O que Petrus iria fazer lá dentro?"

Sathyá ficou batendo asas no mesmo lugar sem saber o que fazer.

CAPÍTULO IX

Hermes chegou na vila ansioso por um caldo de carne e pão. Dirigiu-se direto para a casa Dele. Amarrou os cavalos na cerca e olhou em volta. Estava cansado.

Viu então Leo sair correndo e Sathyá voando atrás. Pensou na vida boa desses dois que tinham tempo de brincar.

Ao abrir a porta dos fundos, sentiu uma presença, mas achou que fosse o cansaço. Adentrou a sala, O chamou e não obteve resposta. Foi até a cozinha e nada de comida. O que será que tinha acontecido?

Desde que O conheceu, depois que seu dono morreu e pôde deixar de ser escravo, a rotina nunca mudara. Pegou um pão na despensa, uma botija de vinho e sentou-se à mesa. Sua mente divagou para vinte anos atrás no tempo, ao dia em que sua vida tinha mudado completamente.

...Atrás dele os dois cavalos bretões arfavam muito. O caminho percorrido havia sido longo dessa vez. Eram aquelas entregas intermináveis. Sempre, a cada três meses, Ele deixava a carta com destino, o pagamento pela viagem e as caixas. A carta continha ordens expressas de não abertura delas.

A curiosidade o espicaçava, corroía, mas não as abria. Sabia que tinha conteúdo frágil e as levava com todo cuidado. Na maioria das vezes, era para o porto próximo. Que nos últimos tempos já não mais possuía a beleza de Agnes.

Suspirou.

Já havia se embrenhado em muitos caminhos para cumprir sua missão. Até mesmo em outros continentes.

Na primeira vez que viu a carta no caixilho do quintal, nem mesmo prestou atenção. Pensou ser descuido daquela velha suarenta e muda. Deixou as encomendas do mercado como sempre, pegou o dinheiro, embolsou parte dele — como de costume — e foi embora.

Na vez seguinte, havia dois envelopes, amarrados por uma fita e com um escrito neles: Hermes.

"Eram para mim", pensou.... Deixou as compras, pegou o dinheiro e nem se lembrou de embolsar o de sempre.

Pegou os envelopes e sentou na pedra do moinho. Sabia ler. Quando fora um escravo no porto, o velho defumador — seu dono — lhe tinha ensinado, pois estava ficando cego e tinha que ter alguém que lesse os pedidos de encomenda e o ajudasse a cortar os animais.

"Já se foi tarde!", pensou.

A primeira carta que abriu foi a que continha seu nome. Nela, Ele explicou que se ele fizesse as entregas, em absoluto sigilo, seria pago regiamente. Mas se não fosse possível manter segredo que ele nem sequer abrisse a segunda carta.

"Dinheiro, realmente Ele sabia usar as palavras. Era o melhor incentivo que poderia receber", pensou Hermes.

Abriu a segunda carta. Eram instruções para entregar as caixas. Só então as notou no pé da porta. Dia e hora determinados, haveria uma pessoa esperando.

Elas deveriam estar intactas para que a segunda parte do pagamento fosse feita. A primeira estava no envelope.

Era um trabalho fácil. Além de tudo, havia um bilhete para o dono do armazém dizendo:

"Hermes será meu entregador em alguns dias do ano. Esses dias serão pagos por mim a você. Assinado, YAZU."

"Então esse era o nome dele? Yazu. Diferente", pensou Hermes, intrigado.

Tudo resolvido, pegou as caixas, colocou na carroça e foi embora.

Aquela última encomenda tinha sido bem distante, ele estava cansado, os cavalos também, mas ainda devia deixar uma última entrega na casa da velhota muda.

Anoitecia quando chegou lá e só o que conseguiu ver foi a cor dos cabelos da moça que se despedia.

Vermelhos como o fogo.

Ela então foi caminhando para a água, tirou seu vestido e mergulhou. Ele passou do êxtase, por ter visto um corpo tão bonito, ao espanto, quando uma grande barbatana dupla bateu na água.

Aquela visão da barbatana batendo na água foi tão perturbadora que quando Hermes voltou a si, os cavalos tinham arrastado a carroça para fora da estrada e estavam comendo as flores do jardim da velhota.

Passou as mãos nos cabelos e bateu a velha boina na coxa murmurando... "Estou ficando louco, preciso parar de ficar tanto tempo sozinho".

Apressado e desnorteado, começou a tirar as caixas da carroça e nem notou uma menininha dando cenoura a seus cavalos. Quando finalmente parou e viu os cachos do cabelo negro dela.

Uma risadinha o tirou dos pensamentos e só aí ele notou que os cavalos estavam lambendo as mãos da menininha. Ela ria baixinho enquanto encostava a cabeça na cabeça do cavalo.

— Oi, pequena!

Ela assustou-se quando ele a cumprimentou e deu um grito:

— Aaaaaa!! — gritou Juno.

Yosefa, que parecia sempre bambolear, saiu correndo de casa em direção a eles, abraçou a menina e apontou na direção da casa. Juno rapidamente entrou.

Hermes ficou perguntando a Yosefa sobre as duas estranhas, tudo o que vinha à sua cabeça, como se ela pudesse responder.

Ela pegou algumas caixas e do bolso do avental tirou uma moeda, entregando-a a ele fazendo um sinal de silêncio. Apontou o depósito e o mandou se lavar, indicando que depois o chamaria para comer.

A muito contragosto, Hermes obedeceu à velhota e entrou no depósito que era quase um celeiro. Era cercado de prateleiras e baús, tudo muito organizado.

Tinha um cheiro bom de biscoitos e ervas.

Notou que um espaço havia sido criado para uma caixa enorme. Havia nela uma alavanca na parte de cima e uma engenhoca que saía por uma parte da parede.

Curioso, puxou a alavanca e sentiu uma brisa gelada no seu rosto. A caixa estava quase cheia de peixes e pedaços de maçãs, pêssegos e figos.

"Coisas do ogro, com certeza". Não tinha entendido que aquilo refrigerava a carne impedindo por um tempo o seu apodrecimento, um utensílio que em Ahmal já existia havia muitos anos. O continente ao oriente era mais desenvolvido.

Continuou na sua pesquisa do ambiente e viu num espaço contíguo uma cama, uma mesa pequena com cadeira e uma tina com água. Nem pestanejou, despiu-se e tomou um banho demorado.

Enquanto estava na água, seu único pensamento era: "O que seria aquela moça? Qual era a sua ligação com a velhota e quem era aquela criança?"

"Finalmente suas intermináveis viagens tinham algo interessante", pensou Hermes enquanto se vestia. Nesse momento ouviu as batidas na porta do depósito, era o chamado da velhota para o jantar.

O cheiro da comida entrava pelas narinas como um bálsamo, por meses ele comia em tavernas e na beira da estrada, carne seca e farinha, frutas que achava pelo caminho. Aquele cozido o fazia se sentir como Ele. Yazu.

CAPÍTULO X

— Sathyá! Sathyá!!! — gritam desesperadamente Beatrix e Lilith, suas primas ninfas.

— Hoje ela está demorando mais do que o costume, nem na árvore está! — disse Lilith, muito intrigada.

As duas eram umas décadas mais novas que Sathyá e a admiravam do primeiro fio de cabelo até o último brilho de suas asas.

Beatrix era mais alta, ruiva de cabelos lisos até os ombros, olhos amarelos e grandes. Era a bondade personificada e também nutria um amor secreto. Amor esse que tinha apreciado durante toda a tarde. Ela adorava observá-lo em suas andanças de guardião. Ele era uma espécie de espectro. Sempre presente, quase nunca visível...

Lilith era mais rechonchuda, grandes olhos vermelhos e cabelo curto e muito escuro. Perspicaz e muito inteligente, tinha pouca paciência para as frivolidades de Beatrix. Achava tudo uma grande perda de tempo. Odiava quando tinha que acompanhá-la nas tais observações. Cada movimento dele, era um suspiro dela...

"Grande coisa, hunf... um guardião, destemido, alto demais, forte demais, com um sorriso bonito demais! Tolices, cada um com sua missão nessa vida", pensava Lilith.

Porém, Lilith não podia negar que ele era impressionante e que causava furor entre as humanas. Ele era azul cor do céu, cabelos trançados que caíam do alto de sua cabeça, que alcançava quase três metros de altura.

Era ali, a única criatura maior que Yazu, que beirava os dois metros.

Yazu tinha a pele roxo claro, quase lilás e grandes olhos verdes. Era muito forte tal qual Honor. Aqueles dois eram amigos de tempos imemoriais.

Lilith quase se distraiu ao pensar nos dois e rapidamente voltou aos seus pensamentos raivosos.

"Tolas, só com magia poderiam conviver com ele, só sendo ser encantado, só sendo... blargh, bobagens!", gritava Lilith para si mesma. Ela própria tinha seu segredo, muito, muito escondido... agora achar Sathyá era o mais importante.

Olharam em direção à casa Dele e viram o brilho das asas dela, voaram rapidamente ao seu encontro e Beatrix a chamou aos gritos!

Com um sinal de silêncio, Sathyá olhou para elas e não precisou pedir duas vezes.

As três primas foram em direção à janela da cozinha, mas o vidro embaçado e colorido não permitiu que vissem nada.

Tudo escuro lá dentro.

Foi então que escutaram vozes. Uma feminina e outra masculina.

— Deixe-O em paz! Não mexa nas coisas Dele — dizia a voz feminina.

— Você não tem curiosidade?... Vamos, me ajude aqui... vamos levar algo de valor.

— Vamos embora! Vou chamar Honor!

— Não, ele não! Sabe que não suporto a presença dele.

— Hum, e quem suporta? Ele pensa que tudo sabe. Vou agora! Venha, saia comigo!

— Não, vou sair pela frente...

As três ninfas ouvindo essas falas, voaram para a porta dos fundos, perto do moinho. Hermes acabara de chegar. Viram Shooki sair da casa passando por dentro dele como um fantasma.

Petrus saiu sorrateiramente pela frente, não sem antes chutar o velho cão.

Sathyá, com o pressentimento peculiar às ninfas, desconfiou do que poderia ter acontecido... entristecida de antemão, deu as mãos a Beatrix e Lilith e entraram na casa.

CAPÍTULO XI

— Meu amigo, acorde!

Honor estava havia um tempo tentando fazer Yazu acordar. Decidiu usar um de seus recursos. Ele possuía o dom de emitir luzes. Então emitiu uma pequena luz azul que saía de seu dedo, penetrou entre os olhos de seu amigo e aqueceu sua pituitária, trazendo-o de volta à consciência.

— Yazu, reaja, meu amigo. A vida continua. Seu coração vai se curar.

Yazu abriu os olhos, estavam azuis.

...Ainda imberbe, Honor soube o significado da vida. Pelo menos, da sua vida. Seus irmãos já haviam partido em suas missões. Ele era o mais novo. Ainda nem brilhava. Já sabia flutuar, voar e a parte que mais gostava: emitir luzes.

Sua mãe, a Guardiã-Mor, havia lhe ensinado a ter controle das emoções e tudo o que mais precisaria saber quando fosse descer ao planeta para cumprir sua missão.

Os guardiães eram seres lunares dotados de amor e compaixão. Tinham como missão cuidar dos seres terrestres. Sua linhagem de tão antiga já se perdera na história.

Entregue a esses pensamentos, Honor ficou por horas até ouvir alguém o chamando.

Acorreu à sua morada, toda etérea, transparente, com poucas divisões e nenhum móvel. Era mais um lugar de reuniões do que realmente um lar. "Lar é onde necessitarem do nosso auxílio", dizia sua mãe.

Ao encontrá-la, ouviu-a dizer que sua hora de voltar ao trabalho havia chegado: Yazu estava pronto.

Desceria ao planeta para cuidar dele e preservar sua vida pelo máximo tempo possível. Seus amigos seriam seus amigos e também sua responsabilidade.

Yazu seria importante para um grande progresso dos terrestres, mas sua vida estaria sempre em perigo por ele ser diferente.

Uma tela imensa se iluminou na grande sala e Honor alegrou-se por rever seu protegido, um pouco de sua rotina e seus amigos.

— Como ele cresceu! Constituiu família?

Sua mãe lhe relembrou que, como sua origem era o inferno, era livre de compromissos familiares.

— Ele não tem um jeito infernal. Lembro dele ainda criança.

— Meu filho, como te disse, a missão dele é outra, foi forjado lá, mas seu interior é precioso como ouro. Ele é um cientista, vai auxiliar demais no progresso da humanidade. Vá e cuide dele.

E assim se fez.

Honor mapeou mentalmente todos os lugares em que ele podia se encontrar, memorizou nomes e faces, despediu-se de sua mãe e foi.

O trajeto para o planeta era feito num átimo de tempo do pensamento. Logo que chegou à crosta, ouviu:

"Providência, não deixe que meus homens morram, ajude, por favor." Como já estava ligado mentalmente a Yazu, reconheceu a voz de Agnes e imediatamente chegou ao local do rogo. Ainda longe do porto, uma forte tempestade havia atingido os navios dela.

Um dos navios de Agnes estava prestes a afundar e muitos marinheiros corriam risco de afogamento. Usando seus dons, acalmou a chuva e iluminou a água para que os marinheiros se salvassem.

Nesse meio-tempo, ouviu um chorinho triste, provavelmente de Juno.

"Não deixe que eu perca mais ninguém!"

Honor projetou seu corpo etéreo à cabine do navio principal e lá a avistou. Estava escondida embaixo da mesa da capitã. Foi até ela e disse:

— Venha, tudo já terminou. Acalme-se, Juno.

Ela não sabia se temia mais a tempestade ou aquele ser imenso e sorridente na sua frente. Mas quando Honor projetou em sua mente lembranças boas de seus pais, ela soube que podia confiar nele.

Juntos, foram até o convés e Agnes os viu.

CAPÍTULO XII

— Yazu! Venha, meu amigo, você tem visitas, se aprume...

(Fim do primeiro livro)